KB267280

우리,라는
　　울타리를
무심히 밟고

우리,라는
울타리를
무심히 밟고

여여시

쏠트라인
SALTLINE

시간의 사유, 존재의 무늬를 찾아서

여여如如 동인은 2019년 창간호 『빠져본 적이 있다』를 시작으로 『이브의 미토콘드리아』(2020), 『꽃이라는 이름을 벗고』(2023), 『시시콜콜하든 구구절절이든』(2024)을 세상에 내놓았다. 그리고 2026년 오늘, 마침내 그 다섯 번째 발자취인 제5집을 선보인다.

시인은 어제에 안주하지 않고 늘 새로움을 갈구하는 존재다. 우리 여여 동인들 또한 매 호 출간할 때마다 주제와 형식을 달리하며 스스로를 경계해 왔다. 미래, 천체, 알, 생명, 공간, 평론, 에세이와 번역시로 지평을 넓혀온 끝에, 이번 제5집은 '시간'이라는 화두를 마주하고 '엽편소설'이라는 새로운 형식을 추가했다.

시간은 단순히 흐르는 선이 아니라, 우리 삶의 무늬를 새기는 '영원한 현재'의 퇴적이다. 하이데거가 『존재와 시간』에서 인간의 존재 방식을 '시간성'으로 규정했듯 우리는 미래를 기획하고 과거를 짊어진 채 유한한 현재를 살아간다. 그의 말처럼 "시간이 존재의 지평"이라면, 시인이란 그 지평 위에서 존재의 의미를 치열하게 탐색하는 사람들이다.

이번 제5집에 새롭게 담긴 엽편소설은 시간을 언어라는 그릇에 담아내려는 또 다른 시도이다. 찰나에 깃든 영원을 포착하고, 익숙한 흐름 너머의 진실을 구체적인 서사로 엮어냈다.

시와 소설로 빚어낸 이 기록들은 붙잡을 수 없는 시간을 언어로 옮긴 결실이다. 어제와 내일이 교차하는 지점에서 발견한 이 시간의 얼굴들이 우리들 삶 속에서도 새로운 의미로 피어나길 소망하면서 우리 여여 동인 아홉 꼬리의 새로운 행보를 기대해본다.

여여시 아홉 꼬리

신은숙, 이서화, 이 경, 이채민, 김금용, 김유자, 김지헌, 김추인, 박미산(글)

차례

| 신은숙

■ 엽편소설

신은숙

2013년 세계일보 등단.
시집 『모란이 가면 작약이 온다』,
그림 에세이 『굳세어라 의기양양』이 있음.
shin0478@naver.com

| 신은숙

흐르는 것이 시간이라면
저 강물도 시간이다.

아이가 어른이 되고
어른이 무덤을 향해 걸어가고
무덤은 또 아파트를 짓기 위해 증발하는 봄

발굴된 웅덩이 속 초록이 무너지고
사연의 빛으로 이름 모를 가을 지나
묵언의 겨울 그 사이로
시간이 불어온다, 너를 사랑한 것과 그리워하는 사이로

오늘도 시간 속을 걸어간다.

13월엔

눈송이에
나뭇가지가 뚝뚝 부러지는 1월
물고기가 뛰노는 2월
아무것도 한결같지 않은 3월

머리맡에 씨앗을 두고 잠드는 4월
오래전에 죽은 이를 생각하는 5월
말없이 거미를 바라보는 6월

천막 안에 가만히 앉아 있을 수 없는 7월
옥수수가 은빛 물결을 이루어
다른 모든 것을 잊게 하는 8월

검은 나비와 작은 밤나무의 9월
큰 바람의 달, 잎이 떨어지는 10월
모두 사라진 것은 아닌 11월

침묵의 달
늑대가 달리는 12월*

늑대의 등에 올라
시간의 지평선을 건너
아득해진 계절 너머에서
마침내
그대를 꺼내 읽는
13월

낙산대교에서

강은 오래 붙들고 온 이름들을
마지막으로 한 번 더 불러본다
산에서 배운 가파른 속도와
마을에서 묵은 넉넉한 시간을
서로 놓지 않으려는 듯

다리 위에 서면
나는 늘 중간쯤에 있다
뒤돌아보면
돌아갈 수 있을 것 같은 방향이 있고
앞을 보면
아직 배워야 할 넓음이 있다

바다는 강에게 묻지 않는다
왜 이렇게 왔는지
무엇을 흘려보냈는지
그저 받아들이는 쪽으로

몸을 더 벌릴 뿐

강은 스스로를 변명하지 않는다
다리 아래를 지나며
기억을 풀고
숨을 풀고
가야 할 방향을 풀어놓는다

낙산대교에 서서
건너가는 것들과
사라지는 것들을
같은 무게로 지켜본다

강이 된 바다
바다가 된 강물은
어떻게 일가를 이루어 흘러가는가
반짝, 숭어가 튀어 오른다

건너고 나서야 알게 된다
도착은 끝이 아니라
붙잡으려던 나를 내려놓는 일이라는 것을
우리는 잠시 형태를 빌려
흐름을 통과할 뿐이라는 것을

구름의 음계를 듣고 싶다면 운계사

1

절벽에서 굴러내려 두 쪽이 난 바위
해탈문 좁고 가파른 계단을 오른다

어스름 이끼와 캄캄한 돌의 맥박을 지나
바위산 절벽 부처를 만나 합장한다

올라왔으니 어서 내려가라고
구름 나한들 휙휙 등을 떠민다

돌아가야 할 집이 떠오르지 않는다

당신에게만 할 말이 있는 나처럼
백운산白雲山 운계사雲溪寺
이 곳에서만 흐르는 구름이 있다

2

노스님은 말없이 신도들 신발을
앞으로 가지런히 돌려놓는다

절마당 돌아가며 기둥마다
노스님이 매어놓은 싯구들이 허공을 울린다

구름이 음계처럼 오르내리는 운계사
절벽의 부처도
마당의 나무 의자도 생각이 저물 줄 모른다

어느새 기둥은 시를 벗고 생불이 되어
해거름 노을을 마당 가득 부려놓는다

차마 시인이라 말할 수 없는 날들이
벌겋게 타오르고 있다

3

살아있음과 죽음의 경계
이승과 저승 사이 향불이 타오른다

산기슭에 진달래 붉게 피어나는 봄
작약 분꽃 으아리 의리대로 피어
환하게 입적하는 봄

손을 모으고 무릎을 굽히면
내 안의 내가 닳아없어지는

살아서 아픈 사람도
죽어서 편안해지는 구름 골짜기

정지된 시간 너머
열반을 향해 흐르는 흰 구름이 있다

안간힘을 쓰다

아직
도달하지 못한 마음이 있다

철로변 자갈 틈새 민들레 한 송이
머리 위로 바퀴의 속력을 견디느라
노랗게 뜬 얼굴이 달덩이 같다

안간힘은 언제 도착할까
애써 뛰어도 놓쳐버린 기차
출발조차 못한 마음
그 사이에 안간힘을 써보아도

무심은 안 간 힘의 종착지
민들레처럼 흔들리다가도
끝내 자유로운 홀씨의 비행을 보는 것

초신성이 되어버린 별빛이

밤하늘에 뿌려지고
플랫폼을 나와 천천히 걷는 이 시간

흐린 별빛은 죽은 어느 별의 눈물일까

은하철도999제라는 간판이 보이고
새 주인을 기다리는 구제옷들
은하는 너무 멀고 구제는 누구의 이름일까

가로등에서 인공 별빛이 쏟아져내린다
너의 양심을 쓰레기와 바꾸지 말라고

오늘의 힘을 다해 걷는다
안 가고도 느껴지는 마음을 어루만진다

귀래貴來

당신이 귀래*로 오시면 좋겠어요

뱀 하나 지나간 듯 외줄기 도로

상점들이 달뜬 이마를 맞대고 적막을 부축하는 오후

원조 자장면집 건너 작은찻집 오종종한 꽃 화분들

해실해실 웃는 그 사이로 오시면 좋겠어요

당신 올 적에 골짜기 낮은 더 반짝이고

하늘은 목동처럼 구름을 몰고 다니고

산은 키를 낮춰 구름을 안아주어요

맷집 좋은 은행나무들 캉캉 춤을 쉬지도 않아요

수리를 모르는 상점들은 간판 대신 심장을 내어 걸었어요

문을 닫고 여는 것도 심장의 영역

여기선 공치는 날이 흔해요 흔한 게 사랑이라지만

나는 그런 사랑 원하지 않아 햇살은 찻집 엘피판에 꽂히고

우리의 시간도 왠지 낯설지 않아요

천 년 전 오신 당신처럼 미륵의 잃어버린 꿈

우묵한 사발처럼 시간이 멈춘 곳

종점 차부상회 앞에서 오지 않는 버스를 기다려요

당신이 오신다면 맨발로 뛰쳐나갈게요
애써 우아하지 않아도 자장면 면발은 콧등을 치고
당신은 그렇게 웃겠지요 흔한 게 사랑이라지만
나는 그런 사랑 원하지 않아 다시 엘피판은 돌고
슬픔 속에 당신을 묻겠어요
귀래에선 아무도 헤어지지 않을 거예요

* 귀래貴來: 원주시의 남서부에 위치한 면 소재지. 신라말 경순왕이 머물
렀다고 하여 귀한 분이 오셨다는 뜻의 귀래貴來라고 불리고 있다.

나방

그는 문을 열지 않고 들어왔다. 처음에는 방 안 공기의 결이 달라졌다고만 느꼈다. 전등 아래 어둠이 조금 두꺼워진 것처럼. 자세히 보았을 때, 무채색 얼룩무늬의 나방 한 마리가 벽에 붙어 있었다. 나비가 아니라는 점이 이상하게 마음에 걸렸다. 그 사람도 늘 그렇게 애매한 쪽에 머무는 사람이었기 때문이다.

시간이 지나면 나갈 줄 알았다. 예전에도 그랬다. 머물다 가는 것, 말없이 사라지는 것. 그런데 나방은 나가지 않았다. 내가 쫓아도, 방을 비워도 그대로였다. 나갔다가 돌아오면 다시 제자리에 있었다. 마치 이 방이 아니라 나를 기다리고 있다는 듯이.

날개를 접은 모습은 모시조개를 닮아 있었다. 예전에 우리는 바닷가에서 조개를 주웠다. 그 사람은 항상 색이 고르지 않은 것만 골랐다.

"평범한 건 기억에 안 남아."

나방의 날개를 보고 있으면 그 말이 다시 들려오는 것 같았다.

어느 날 밤, 커튼 뒤에서 푸드득 소리가 났다. 나방이 날아오르며 내 얼굴 가까이 다가왔다. 잠든 얼굴을 스치고 지나갈 때, 아주 미세한 바람이 느껴졌다. 숨결과 닮은 움직임이었다. 나는 그때 깨지 않았다. 깨지 않으려고 애썼는지도 모른다. 깨어 있으면 말을 해야 했고, 말은 늘 이별로 이어졌기 때문이다.

"어떻게 사랑이 변하니?"

그 말이 나방의 등 위에 얹혀 있는 것처럼 떠올랐다.

며칠이 지나자 나는 나방에게 화가 났다. 무례해서가 아니라, 너무 오래 머물러서였다. 나방의 수명에 대해 인터넷을 검색했다. 2주가 되어도 나방은 그대로였다. 떠날 줄 알았던 것이 떠나지 않을 때 사람은 잔인해진다. 결국 에프킬라를 뿌렸다. 나방은 스르르 힘없이 바닥에 내려앉았다. 마치 더 이상 이 몸으로는 버틸 수 없다는 듯이. 나는 키친타올로 덮었다. 손이 떨렸다. 종이 아래에서 움직임은 느껴지지 않았다.

아침에 키친타올을 들추었을 때, 나방은 없었다. 창문은 닫혀 있었고, 문도 그대로였다. 방은 아무 일도 없었다는 얼굴을 하고 있었다. 바닥에는 날개의 가루도, 벌레의 흔적도 남아 있지 않았다. 잠결에 내가 키친타올을 치웠던 걸까. 아니면 애초에 덮은 것이 없었던 걸까. 방은 아무 말도 하지 않았다.

그날 밤, 나는 오래된 바닷가 꿈을 꾸었다. 모래는 축축했고, 파도는 오지 않았다. 파도 소리 대신, 푸드득거리는 작은 날갯짓이 들렸다. 나는 허리를 굽혀 조개를 주웠다. 하나하나 들어 올릴 때마다 얼룩무늬가 달랐다. 어떤 것은 나방의 날개 같았고, 어떤 것은 얼굴 같았다. 그 사람의 얼굴이 어렴풋이 떠올랐다. 그는 눈 코 입이 사라진 채 텅 빈 표정으로 다가왔다.

꿈속에서 나는 조개를 귀에 대고 오래 서 있었다. 바다는 아무 말도 하지 않았고, 조개 안에서는 울음 같은 소리만 났다. 그 울음은 사람의 것이기도, 벌레의 것이기도 했다. 나는 그제야 알았다. 그 사람이 나방으로 온 것이 아니라, 슬픔이 잠시 나방의 형태를 빌렸다는 것을. 그리고 슬픔은 늘 그렇듯, 날아오르지도 사라지지도 못한 채, 방과 바닷가 사이를 오가고 있다는 것을.

이서화

2008년 《시로여는세상》 등단.
시집 『굴절을 읽다』 『낮달이 허락도 없이』
『날씨 하나를 샀다』 『누가 시켜서 피는꽃』이 있음.
ssesie7@hanmail.net

| 이서화

겨울 강가를 걸었다
마음의 비중만큼 묵직한 돌 하나를 골라
투명한 얼음 위로 던져보았다.

단단하게 얼어붙은 시간은
균열도 내어주지 않은 채
그저 돌멩이를 멀리 보낼 뿐이다.

미끄러지다 멈춰 선 돌의 위치에서
간신히 대답 한 줄을 줍는다.

꽃들의 시간

집은 문 안쪽과
문 바깥으로 서 있다

옛날엔 집안으로 들이는 꽃들이 없었다 꽃은 봄에 나왔
다가 여름을 지나고 다시 가을이 되면 문 닫고 겨울로 들
어갔다

계절은 꽃의 문이었다가
안쪽과 바깥이었다

꽃은 집과 가장 가까운 곳, 눈길이 많이 머무는 곳에 심
었다

채송화 봉숭아 분꽃 백일홍은 마치 문고리 댓돌같이 집
에 바짝 붙어 있는 사물이었다 그중 분꽃은 여름 오후의
시간을 알리는 시계 같았다

오후 4시 꽃,
분꽃은 저녁 쌀을 씻어 안치는 시간이었다

봉숭아가 가리키는 시간은 첫눈을 예보하는 시간, 백일
홍은 말 그대로 석 달을 가리키는 꽃, 채송화는 쨍쨍 땡볕을
털어먹는 꽃, 장마 기간을 피하는 시간이었다

꽃은 집 바깥에 절기들의 기간을 알리는 시계 역할을 한다

오후 세 시, 귤의 소란

귤 한 바구니가 담긴 검은 비닐봉지를 떨구었다 시내버스 안, 동그란 귤이 누구의 것도 싫다는 듯 우르르 굴러갔다 아니, 굴러다녔다 버스의 조향장치보다 더 빠르게 방향을 정하고는 급커브와 내리막과 오르막을 실천했다 좌석 밑으로, 또 몇 개는 이쪽과 저쪽이 아닌 버스의 흔들림 속에 갇혀 있지만 주워 모으기엔 잠시의 정차도 없는 중심을 견딜 용기가 없었다

망설임은 또 동그랗고 이리저리 굴러다닌다

아무래도 한동안은
중심도 사라진
동그란 것이 모자란 사람으로
살아야 할 것 같다

뻔뻔한 내가 민망한 나를 아무리 밀어내도 굳건히 견디는 주황색 동그란 민망함은 힘이 셌다 이 정도의 안면이라

면 그 어떤 굴욕도 거뜬히 견뎠을 것 같은데 민망함이란
그저 이리저리 굴러다니면 그 또한 견딜만해서 여전히 못
버리고 가끔은 애용까지 한다

　　잠시 사거리에서 버스가 서고
　　그사이 파란 귤과 붉은 귤이 서둘러
　　순서를 바꾸고 있었다

　　아마도 버스가 정차하고 문이 열린다면
　　귤 몇 개가 가장 먼저 내릴 것이다

부드러움에 홀리다

흰 눈이 검은색으로 바뀌는
한밤의 눈길
바퀴들이 어렵사리 자국을 끌고 가는
그 부드러움에 홀렸던 적 있다
눈은 셀 수 없는 꼬리들로 연결되었다
앞산을 끌고, 낭떠러지를 끌고
펄펄 꼬리들이 날렸다

밤의 미끄러운 저속,
부드러움을 둔 손으로 끌고 가려 했던 오만

세상은 잠깐 저희만의
온도를 딱 맞추고 있었던 것이 분명하다
그 온도에 성급한 속도를 달리려 했었다
갑자기 구석들이 튀어나오고
온갖 장애물을 뒷자리에 가득 태우고
천천히 오지 않았던 길인 듯

혹은 바르게 가지 않았던 길인 듯
부드러움을 달래는 밤

잠깐, 바짝 타는 가슴으로 길의
아르피엠을 최저로 낮추고
미끄러운 제동을 잠시 잊기로 한다

부드러움에 홀렸다면
더 부드러워져야 한다는 속설을 믿으며

구름의 출처

죽은 참나무에
구름을 닮은 버섯이 돋는 것을 보고
공활空豁의 발원지이거니 한다
세상 어리숙한 어떤 사람은
저 구름의 출처를 두고
날씨를 예측하기도 할 것 같다

죽은 나무엔 더 이상
봄도 여름도 찾아오지 않으니
빈집같이 썩어가는 그루터기에
잠깐 비로 스며들었던 구름이
싹트는 것일 뿐
자라고 자라면
구름버섯을 달여
몸속 먹구름을 달래기도 할 것이다

한적한 나무에

구름이 낀다

비 소식은 무소식이고

어떤 날씨들은 가끔 한곳에다 저렇게

정처를 정해놓고

사라지는 뒤끝을 방 한 칸 삼아

주인 노릇을 하다 가는 것이다

톡톡 구름의 포자가

죽은 나무로 황급히 스민다

넉걷이

초겨울 밭두렁에서
여름이 떠난 호박 줄기를 걷어 낸다
줄기들은 마치 여름의 방종
감리 받지 않은 여름 설계도 같다
아니, 햇살의 지지대를 하거나 훑으면서
기껏 가을 근처까지 다다랐던
여름의 끝 같다

엉킨 것을 풀어서 버리는 일은 드물다
여름을 푸는 일은 불가능하다
만약 여름을 풀려고 한다면 빗줄기와 햇볕과
바람의 편승을 분리해야 하므로
굳은 여름은 그냥 뭉쳐서 버려야 한다

줄기들은 가까운 곳에
허약한 바람만 있어도 옭아맨다
그것을 두고 사람의 말로는 희망이라고 한다지

안 보이겠지만 근처들엔

다 얽어맬 수 있는 도움들이 있다

그래도 먼 전깃줄 끝까지 따라오는 불빛 한 점처럼

줄기 끝엔 다 환한 꽃 피었던 자리들이다

혼자 켜고 혼자 끄는 늦은 점등

겨울은 태양발전소들이

한시적 휴업에 드는 시간이지만

손을 휘저으면 보이지 않는

줄기들이 허공에 있을 것 같다

병실, 404호

"무슨 운전을 굼벵이처럼 해?"

"이 사람아, 열심히 달리고 있어. 좀 진정해."

나는 온몸을 뒤틀며 왜 이렇게 운전을 천천히 하느냐, 병원은 왜 이렇게 머냐고 계속 툴툴거렸다. 남편은 응급실 앞에 나를 내려주며 '좀 기다려. 주차를 하고 올게' 하곤 주차장으로 향했다.

남편이 올 때까지 기다릴 수 없어 비틀거리는 몸으로 겨우 응급실 문을 열었다. 들어가려니 응급 원무과에 접수하고 오라는 간호사의 시무적인 말이 들린다.

"원무과가 어딘가요?"

다시 나가라고 남자가 말했다. 겨우 접수하고 응급실에 다시 들어왔다.

"어제 뭘 드셨나요? 저쪽 끝에 6번 침대로 가세요."

"브래지어 하셨나요? 와이어는 있나요?"

침대에 앉자마자 파란 가운을 입은 간호사가 말한다. 있으면 모두 벗고 엑스레이실로 가라고 했다. 엑스레이를 찍고 돌아오니 왼쪽 팔목이 접히는 곳을 어루만지며 '따끔합니다' 하더니 커다란 주사기 바늘을 찌른다. 따가운 게 아니라 아주 아팠다. 눈물을 찔끔 흘릴 겨를도 없이 혈액 검사용 피를 뽑았다. 응급실에서 몇 개의 검사를 더 했다. 조금 후 기다란 면봉을 가지고 온 남자가 코로나 반응 검사를 한다며 아프게 코를 푹 찌른다.

"검사 결과가 나올 때까지 두 시간 걸리니까 침대에 누워 있으세요."

심하게 아프던 배가 한참 후 조금 가라앉았다. 수액을 매달라 놓은 걸대 끝에 응급실 6번이라는 팻말이 에어컨 바람에 달랑거리는 것을 보다가 깜빡 잠이 들었다. 들려오는 분주한 소리에 눈을 뜨니 비어 있던 침대 몇 개가 더 찼다.

그때 검은 옷을 입은 어떤 여자가 들어왔다. 열이 40도가 넘어서 왔다고 한다. 함께 따라온 남자도 안절부절못한다. 간호사의 질문에 여자는 대답 못 하고 신음만 내고 남자가 모두 대답했다. 그 여자도 나와 똑같은 과정을 거치더니 내 옆에 빈 침대에 눕는다. 거짓말처럼 여자는 눕자마자 잠을 잔다. 금세 코까지 골면서 곯아떨어졌다. 코로나 검사 담당 직원이 여자를 흔들어 깨우며 '코가 아픕니다.' 하면서 찌르고 가니 또 코를 곤다. 응급실에 와서 코를 고는 여자는 처음 본다. 얼마나 긴장되고 무섭고 떨리는 곳인데 코까지 골면서 잠든 여자가 한없이 부럽다.

검사 결과는 장염이었다. 며칠 입원 치료를 해야 한다기에 남편은 입원에 필요한 물건을 챙기러 집으로 갔다. 간호사는 보호자는 어디 있냐고 묻더니 '저 사람을 따라가세요.’ 하면서 턱으로 흰 와이셔츠를 입은 남자를 가리킨다. 나는 링거 거치대를 끌고 남자를 따라나섰다. 응급실을 나와 다른 쪽으로 들어선다. 원무과, 접수처도 보인다. 일반 진료를 접수하는 곳을 지나 오른쪽으로 꺾어진 건물을 따라 엘리베이터 앞에 섰다. 남자는 먼저 타라고 하면서 4층을 누른다.

병실 블라인드 사이로 아침햇살이 비친다. 일어나 블라인드를 올리며 창밖을 보니 날씨가 맑다. 치악산 능선까지 잘 보이는 날이다. 가족과 함께 나들이하기 좋은 날이지만 난 이곳에서 얼마를 지내야 하는 것일까. 그제야 천천히 병실을 둘러보니 4인실이다. 내 침대 반대편에는 얼굴이 누렇게 뜬 할머니가 초점 없는 눈으로 나를 자꾸 바라봤다. 눈이 마주치면 안 본 척 옆으로 고개를 돌렸다. 두 명의 환자와 내 옆은 빈 침대였다.

조금 후 간호사는 ‘물만 드세요’라는 종이 팻말을 침대에 붙여 놓고 간다. ‘오늘은 물만 마셔야 하겠군’ 생각하며 눈을 감았다. 누워있어도 여전히 배는 아프고 속이 부글거리며 몸은 지치고 모든 것이 귀찮았다.

웅성거리는 소리에 잠에서 깼다. 비어 있던 옆 침대에 환자가 새로 들어오는 소리가 났다. 환자를 옮기느라 열린 커튼 사이로 보니 응급실에서 코를 골고 자던 여자였다. 침대 머리에 ‘금식’이라는 팻말이 붙은 여자는 여전히 잠만 잤다. 응급실에서도 내 옆 침대에 누웠더니 병실에서도 내 옆자리다. 오후에 의사가 회진을 돌며 여자에게 눈을 떠보라며 자기 말 들리냐고 했지만, 여자는 말이 없다. 의사는 보호자에게 밤에 열이 더 오르는지 잘 살펴보라고 했다.

하루가 조용히 지나고 이튿날 새벽 여자의 보호자가 간호병동을 향해 소리를 지른다. 그리고 여자의 잠을 깨우듯 이름을 자꾸 부른다. 간호사들이 우르르 들어왔다. 열을 재고 흔들어 깨워봐도 꿈쩍 안 한다. 중환자실로 옮겨야 한다며 여자의 침대를 끌고 다급히 사라졌다.

그동안 조용히 이어폰을 끼고 누워있던 젊은 환자가 일어나더니 말한다. 본인이 이 병실에서 한 달 동안 입원 중인데 저렇게 중환자실로 가면 위독한 것이라 말한다. 이 고비를 잘 넘겨야 다시 병실에 들어올 수 있고, 아니면 병실로 영영 못 올 거라며 병실에 입원해 있는 것도 행운이라며 이어폰을 끼고 다시 누웠다. 여자는 고작 하루 병실에 왔다 갔을 뿐인데 뒷얘기가 무성했다. 침대를 끌고 중환자실로 옮긴 여자의 자리는 오전 내내 비어 있더니 곧 다른 빈 침대로 바뀌었다. 그 여자가 죽었다는 소식이 들려왔다.

이어폰 여자도 나도 일부러 더 무심한 눈길로 침대를 바라보았다.

이 경

1993년 《시와시학》 등단.
시집 『소와 뻐꾹새소리와 엄지발가락』 『야생』 외 다수,
한불번역시선집 『절벽의 키스』(프랑스 발간)가 있음.
sclk77@hanmail.net

| 이 경

나무가 물든 잎을 흘리면 낙엽

시인이 품은 마음을 흘리면 낙서

우주가 무심히 흘리는 비밀을 주워 담으면
시

꽃들은 제가 필 차례를 안다

꽃들은 사회적이지만 우두머리를 뽑지 않는다
　우두머리를 뽑아 전쟁을 일으키지 않고도 하늘과 땅을
공평하게 차지한다

　작은 꽃밭 하나를 두고 봄을 나누어 쓰는 마당의 꽃나무
들이 주인공 자리를 놓고 한 번도 다투지 않는 것은

　생일 케익을 자르는 날이 겹치지 않기 때문이다 생일보
다 먼저 고개를 내미는 철없는 꽃은 바람의 몰매를 맞는다

　수선화가 피어 언 땅을 녹이는 동안 다른 꽃들은 조용히
그러나 성실하게 꽃봉오리를 만들고 있다가 홍매가 붉은
탄성을 터뜨리고도 며칠을 더 견딘 청매가 그제야 고요히
꽃문을 연다

　서로 닮았지만 꽃피는 날이 다른 모란 동생 작약도 아무
리 조급해도 언니보다 먼저 꽃피는 일이 없다

고양이는 양처럼 꽃을 먹지는 않지만 비비추는 푸른 잎 그늘 속으로 봄볕에 지친 고양이를 불러들여 낮잠을 재우고 그 똥을 거름으로 받는다

장미가 5월의 여왕이면 국화는 9월의 신부다 그 많은 꽃들이 사람처럼 권력 다툼을 한다면 얼마나 뒤죽박죽일까

그래서 어쩌면 지구에 동물이 다 멸종한 뒤에라도 땅에는 꽃들만 피어 만발하지 않을까

눈의 나라

문을 여니 눈이 와서 허공에 시를 쓴다
시간 바깥의 시간이다 저 흰 나비떼의 ㅎ

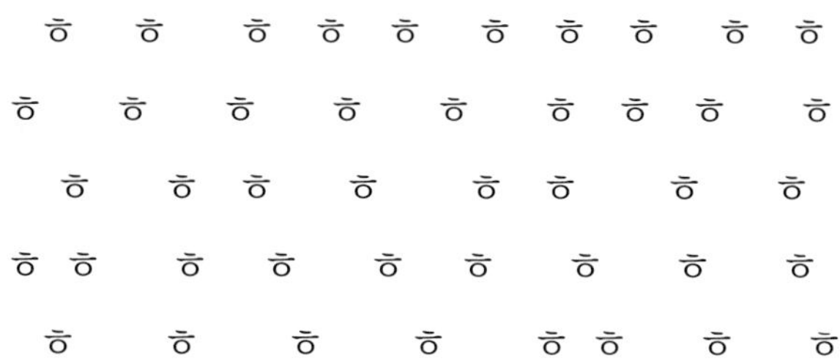

저렇게 살아도 된다는 말이네 아무
생각 없이 규칙도 없이
소리를 버리고 속도를 버리고 무게를 버리고
질서를 버려 더 큰 질서 속으로
말이 되기 전의 자음들이 무심히 뛰어내려도 된다는 말
이네

저것은 춤이겠지

꽃잎인 듯 나비인 듯 먼지인 듯
머리를 고이고 모로 누운 부처의 꿈속인 듯
고양이 잠을 깨우지 않으려고 발꿈치 들고 오는 봄눈
저 여리고 가벼운 흰 나비떼의 군무가

낙락장송을 부러뜨린다는 말이겠지
죽은 나무 가지에 꽃눈 틔워
세상을 또 한 번 일으켜 세운다는 말이겠지

왜?

겨울밤 한 가운데를 가르고 왜?

하고 첫울음이 터졌어 피를 뒤집어쓰고 왜애?~ 왜애?~ 왜애애?~?~? 물어대기 시작했어

불에 달군 쇠 같은 질문

질문이 천방지축이니 대답이 중구난방

?

잠금 고리인지 열쇠인지 몰라

대장장이는 달군 쇠를 두드려 낫을 만들었어 풀을 벤다는 것이 뱀을 베었어 잘린 뱀이 양쪽으로 달아났어 하나는 머리를 따라가고 하나는 꼬리를 따라갔어

대장장이 마누라는 쇠를 구부려 호미를 만들었어 흙의 가려운 곳를 긁었어 긁을수록 붉게 뒤집히는 속살 뒤집힌 자리마다 반란이 꽃 피었어

길을 떠났어 대답해 줄 사람을 만나기 위해 어디라도 가야 했어 설산을 넘었어 사막을 건넜어

은자는 자리를 비우고 빈 방석 하나 놓여 있어 그는 삼천
년 전에 떠났어

사과 속에 박힌 사과씨 같은 질문들
꼭 쥐고 온 질문을 달궈진 쇠솥 안에 던지는 순간 솥 바
닥이 뻥 뚫려 버렸어 들여다보니
벌겋게 타는 불구덩이
질문이 천방지축이니 대답이 중구난방

아름다운 길에 대한 믿음

누군가 대빗자루로 쓸어놓은 길만큼 아름다운 길을
나는 만나지 못하네

노란 감꽃을 받아내려고
저녁에 뒷마당을 쓸어놓던 아버지의 빗자루 자국이나

첫눈 위에 찍힌 고라니 발자국
그 무량한 쓸어놓음의 건반 위에 맨발을 올려놓으며
생각한다

오늘 떨어질 햇단풍잎을 위해
어제 떨어진 낙엽들을 가지런한 숨결로 쓸고 지나간
그 사람은

틀림없이 누군가의 아버지일 것이다
떠나 사는 자식의 앞길을 쓸 듯 먼 곳 더 먼 곳까지

가을 아침 하늘을 훤하게 쓸어놓는 구름의 솜씨조차

그 아버지의 빗자루 자국일 것을

나는 믿는데

소

생은 한 조각도 버릴 곳이 없다

살은 살대로 뼈는 뼈대로 가죽은 가죽대로

긴 창자는 창자대로 쉬는 날 없이

등허리가 긴 소처럼 살아온 몸이네

몸보다 더 멀리 가는 울음이네

오늘도 산청山晴에 한차례 비 다녀가시고

산허리에 내려꽂히는 무지개

풀은 풀대로 꽃은 꽃대로

곱씹어 볼수록

고통의 달디단 즙액이 흘러넘치나니

갠지스강

그곳에서 나는 아무것도 느끼지 못했다. 아무것도 느끼지 못했다는 사실조차 느끼지 못했다. 사실을 있는 그대로 직면한다는 것은 얼마나 고통스러운 일인지 느낌 같은 것이 스며들 틈을 주지 않았다. 다녀온 뒤로 여러 해가 지나도록 거기에 대해 단 한 편의 시도 쓸 수 없었던 이유가 이것이었나?

바라나시에 머무는 동안 중요한 것이 빠져 있는데 그것이 무엇인지 그때는 몰랐다. 느낌!

그 강가에 와서 태워지거나 미리 와서 죽음의 차례를 기다리는 투숙객들. 목선을 타고 강을 거슬러 오르면서 보게 되는 불길과 연기와 그 연기 뒤편 하늘을 낙지처럼 기어오르는 꼬리연들의 춤을 보면서 뒷골목 빈민가의 골목에서 어떤 아이가 연 자새를 돌리고 있을지 모른다는 생각 정도가 전부다. 눈에 보이는 것들을 보면서 이렇게도 생각이나 상상력이 개입되지 않는 경우는 없었다. 그것들은 마치 무성영화의 한 장면처럼 그냥 보일 뿐이었다.

영화관 앞에 길게 줄을 서서 입장을 기다리듯 아무렇지도 않게 죽음을 기다리는 카트에서 죽음은 더 이상 죽음이 아니고 삶도 더 이상 삶이 아니다. 슬픔 없는 죽음과 애착 없는 삶, 장작더미 위에서 더디 타는 시체의 불길과 연기를 바라보았다.

남은 삶을 성스러운 죽음을 기다리는데 바치는 것을 조금도 아까워하지 않는 여인숙들이 즐비하게 늘어서서 연중무휴 성업중인 것, 재를 올리고 굿을 하고 불춤을 추는 광기에도 느낌은 접근할 수 없었다. 눈이 초승달같이 빛나는 소년 뱃사공이 이끄는 배가 갠지스강을 건너 황하의 언덕에 닿았을 때도 그곳에 느낌이 빠져 있었다. 느낌이 빠진 여행은 더 이상 여행도 아니었다. 아무것도 더하거나 뺄 것이 없는 사실을 건너다 보았다.

어제의 잿가루가 오늘의 잿가루와 섞여 뒤죽박죽 되며 다시 날아오르는 겹겹의 먼지 속을 도둑과 성자와 거지와 장사치와 매춘부와 관광객을 태운 릭샤꾼과 소와 당나귀와 말과 개와 사람이 길바닥에 똥을 누고 누워자기도 하는데, 턱이 부서져 덜렁거리는 버스가 눈알을 굴리며 달려가고 있는데, 강변에는 오늘의 마지막 불의 잔치가 제 몫의 장작으로 제 기름을 다 태우는 중인데, 몇억 만년을 태워도 태워야 할 것이 끝나지 않아서 눅눅하게 지는 해와 화장터의 불기둥이 강물에 잠기고, 붉은 강물 위에 띄운 저녁배 위에서 저 언덕으로 배를 밀고 가는 소년뱃사공에게 나이를 물었다. 초승달 같은 눈을 가진 소년의 나이는 열세 살이라고 했다.

이채민

2004년 《미네르바》 등단.
시집 『까마득한 연인들』『빛의 뿌리』 외 3권
lcm304@hanmail.net

| 이채민

탄생과 모든 시작은 풍요롭지 않았지만

나를 설득하지 않아도

스스로 비옥한 어둠에 잠길 수 있고

이따금 고민의 노예가 되어 살아가는 일도

기적이며

행복이다.

발에 대한 명상

우리, 라는 울타리를
무심히 밟고 가는 발

외포리, 물새 발자국 위에서
개밥풀처럼 폴짝이던 발

붉은 새끼들을 줄줄이 낳는 줄장미 입술에
슬며시 닿고 싶었던 발

넘어지고 무너질 때마다
신발을 걷어찼던 발

저 발과 한통속이었던
나는
괜찮을까

말의 하수구를 지나온 발에서

냄새나는 발이 자꾸 자라나는
나는
정말 괜찮을까

어디쯤에 닿아야
내 안에 수북이 쌓인 녹슨 풍경을 털어낼 수 있을까

폐차장을 걸어 본 발이
깊은 뻘밭을 걸어 본 발이
내게도 있긴 있었을까

수국의 기일

부정맥 같은
불규칙한 바로크의 곡들이
쉼 없이 연주되는 날

고개를 들면 절망이 높아질까
땅만 보고 걸었습니다

내 안은 이미 부서짐으로 충만합니다
돌려 세울 수 없는 후회로 가득합니다

보이지 않는 천 개의 손을 빌려
기도하던 당신에게
야멸차게 휘두른 내 입술의 칼날에
내가 베이고

어디로 서야 할지 방향을 잃고 나는 뭉개지고 있는데

당신 닮은 둥근 수국이 따라옵니다
처음으로 옮겨 적는 수국은 나를 업어 키운 숙모입니다

수국의 둥근 심장을 받아 안고
오래 걸으면
구겨진 내가 바르게 펴질까요
목이 메는 은총을 만날까요

8월 꽃무릇보다 외롭던 당신을
나는 아직
고쳐 읽지 않았는데

나 대신
묵상에 잠긴 수국이 지천입니다

고개를 들 수 없는 이유입니다

돌아간다

아파트 사잇길 지나, 건너에서
하얀 목련 피었다는 전언이 닿았네
내 안의 소녀가 달려갔네

폭설에 몇 개의 팔을 잃은
거인의 몸에서
순간, 후드득 뛰어내리는 알몸들

장례의식도 없이 매혹의 결별을 목도하는 시간

참지 못하는 후드득에
나무는 힘줄을 세우며 글썽였고
백발의 소녀는 그만
맨발처럼 차가운
나무의 배경이 되고 말았는데

무엇으로도 형상화 할 수 없는

하얀 이별이
이별 위에 쏟아지고 포개지고

헝클어진 죽음의 매무새를 덮어 주는 석양은 은밀하고

저 봄의 전령들도
어느 간절한 기도를 거느리고 왔을 터인데

존재의 간절함은
간절함을 낳고 낳고 낳을 뿐

두 개의 심장이 두근대기도 전에
그의 발길, 닿기도 전에

돌아가네

바람과 별과 고흐

당신의 안부가 궁금하여

오늘은 별이 빛나는 생래미 마을을 내려와

잘 익은 밀밭에 샛길을 만들었다

까마귀 떼가 누런 밀대를 가르고 날아올랐다

가시에 찔리지도 않고

낙오도 없이 저승으로 날아올랐다

하늘이 검어지고

사이프러스 잎을 세차게 휘젓던 바람이

여러 개의 지느러미로 덮쳐왔다

현란한 바람의 수작에

목젖에 걸려 있는 당신을 쏟았다

설렘으로 가득했던 문장이 흘러내리고

어둠 속으로 길이 지워졌다

당신이 그려놓은 만개의 총총한 별들 사이로

까마귀들의 울음이 들렸다

새벽을 탑처럼 쌓아도 울음은 잡히지 않았다

가득했고, 들리고, 잡히지 않았으므로
바람과 별과 당신을
즐겁게 노래하며 그리워하리라

701호, 그녀의 여름

케냐의 새끼 코끼리 캉가는
어미 코끼리가 학살당한 충격으로
밤새도록 악몽을 꾼다고 했다

군복을 벗으면 캉가를 만나러 가겠다던
아들의 목소리는 이미
나이로비의 푸른 초원을 날고 있었는데

아침을 먹기도 전에
홀로 사는 그녀의 현관에 도착한 전보
'남ㅇㅇ병장 순직'

그 후 701호 현관 문틈으로
시냐크 앞에서 발작하던
고흐의 모습이 언뜻언뜻 엿보였다
그녀는 귀보다
심장을 도려내고 싶다고 했다

열흘 후면 아들과 함께
캉가의 악몽을 달래주려 했던
그녀는 몹시 흔들렸고
그해 여름 701호 현관에서는
킬리만자로 만년설이 줄줄 흘러내렸다

음압병실

그녀의 세상은 지독한 정적과 비릿한 기계음으로 다시 좁혀졌다.

음압병실의 육중한 철문이 닫히는 순간, 그녀는 자신이 산 채로 관 속에 들어온 것 같다는 생각을 떨칠 수 가 없었다. 외부와는 철저히 차단된 공기, 기척조차 들리지 않는 두꺼운 벽, 한 줌 햇빛도 허락하지 않는 밀폐된 창문. 그곳에서 그녀는 철저히 혼자였다. 짐승의 저음처럼 웅웅거리며 음압기는 방 안의 공기를 빨아들였다. 그 소리는 그녀의 귀를 먹먹하게 만들었고, 마치 살아 있는 모든 영혼을 빨아들일 듯 위협적이었다.

24시간 감시자 같은 천장의 형광불빛은 그녀의 절망과 고독을 더욱 투명하게 드러낼 뿐, 아침인지 밤인지조차 알 길 없는 사각의 공간에서 그녀는 시간의 감각을 잃어갔다. 낮과 밤의 구별을 모르고 다시 열이 오르기 시작하자 병실의 하얀 벽들이 일렁이며 그녀를 덮쳐왔다. 39도를 넘어선 고열은 그녀의 이성을 마비시켰고 뜨거운 불길 속에 던져진 채 헐떡이며 죽어가는 착각에 빠져들게 했다.

"누구 없어요" 가느다란 신음은 음압기의 소음에 묻혀 어디에도 닿지 못했다. 흔적도 없이 이대로 세상에서 완벽하게 지워질 것 같은 공포가 폐의 통증보다 더 날카롭게 가슴을 긁어댔다.

타들어 가는 목마름에 그녀는 물 한 모금이 절실했지만, 막막한 공포 속에서 입을 벌려 도움을 요청하려 해도, 산소마스크 안으로 맴도는 자신의 거친 숨소리 외에는 아무 소리도 입 밖으로 나가지 못했다.

며칠이 지났을까? 그녀는 땀에 젖어 축축해진 시트를 움켜쥐었다. 눈을 감으면 이대로 영영 어둠 속으로 가라앉을 것만 같아, 핏발 선 눈으로 천장을 응시했다.

살고 싶다. 이 차가운 기계 소음과 소독약 냄새가 없는, 사람의 온기가 있는 곳으로 돌아가고 싶다. 비록 보이지 않는 벽에 가로막혀 있고, 손 잡아주는 이 아무도 없지만, 그녀는 자신의 가슴 위에 떨리는 손을 얹었다.

조용히 뛰고 있는 심장 박동만이 이 밀폐된 감옥에서 그녀가 가진 유일한 생의 신호였다. 그녀는 이를 악물고 공기를 폐부 깊숙이 밀어 넣었다. 살아야 한다.

어떻게든 이 벽을 깨고 나가야 한다. 고열로 달궈진 그녀의 눈에서 눈물 한 방울이 관자놀이를 타고 흘러내렸다. 그것은 절망이 아니라, 이 지옥 같은 고독을 견뎌내겠다는 처절한 의지의 한 방울이었다.

김금용

1997년 《현대시학》 등단.
시집 『물의 시간이 온다』 『각을 끌어안다』
『핏줄은 따스하다, 아프다』 『넘치는 그늘』 『광화문쟈콥』,
중국어번역시집 『나의 시에게』 외 2권.
poetrykim417@naver.com

| 김금용

목련꽃 피었다고, 사진 찍다가 발목이 부러졌다. 멀리만
바라본 탓이다. 지구 곳곳이 전쟁과 독재와 가난으로 아파
하는데, 시인이라면서 주체가 되지 못하고, 관객으로만 제
3자로만 살아왔음에 많이 부끄럽다.
　나는 자본주의에 쩔은 가짜시인이 맞다.

관객 2

벽이 단단하게 나를 밀어낸다
나를 묶어두고 풍경을 잡아당겨
푸른 잎새로 붉고 노란 낙엽으로 나를 위로하지만
온기가 없는 벽은
너의 부드럽고 살내나는 피부처럼 포근하지 않아
내가 아무리 소리를 지르고 발버둥쳐도
너에게로 달려갈 틈을 주지 않는다
견고한 차가움은,
참혹한 무게는,

초록 비상등은 어디서나 빛나지만
어디까지나 안내등일 뿐,
장식처럼 늘 반짝이는 종이별일 뿐,
밖에 도사린 어둠은 다시 벽이다

침묵은 또 하나의 폭력이어서
구토가 내장을 긁으며 올라온다

명치 밑에 숨겨진 빗장을 열겠다고
분명 그 아래에 비상벨이 있다고
으르렁거리지만,
꿈조차
벽을 긁다가 발톱 밑 털이 다 빠져나간
쇠잔한 늙은 사자 한 마리,
웅크린 채
날이 밝도록 벽을 씹고 있다

관객 1

1

정육점 천장에 매달린 붉은 고깃덩어리가 불빛을 휘젓는다
일그러지는 불빛 아래 주인여자는
머리를 질끈 묶고 빛을 가르며 천천히 칼을 간다
부위별로 나눠지는 고깃덩어리는
한 방울의 눈물도 흘리지 않는다
침묵으로 견딤으로 자신의 전부를 내맡긴다

정육점 밖에서 서성이던 개들이 구석으로 달아난다
덜덜 떠는 개 목덜미를 붙잡고
그 눈을 똑바로 보며 주인여자는 거친 욕으로 다그친다
꼬리를 감추며 얼굴을 파묻는 개들
어둠을 닮았다

2

좁은 골목 안 여럿이 한 아이를 발로 차고 때린다
과자를 주겠다며 입을 벌리게 하고 던지고 뿌린다

행인들은 내 아이가 아니어서 앞만 보며 지나간다

아우슈비츠 수용소의 비명소리, 시체 타는 연기 냄새
그 담장 하나를 두고, 수용소 소장집 마당에선 가든파티와
아이들 웃음소리가 퍼지는 'Zone of interest' 영화.

우크라이나와 러시아, 이스라엘과 레바논, 팔레스타인
전쟁은 끝나질 않는데,
나는 소파에 길게 누워 홈쇼핑을 본다
할부로 건강 보조식품을 구입한다

구토를 모르는
침묵하는 나도 폭력자이다

날내 나는 아리랑

'너는 한국인이니 고국에 가서 공부해라'
재일교포 1세 부모님 말씀 따라
흙먼지 나는 고향길 찾아들었다가
아리랑을 배웠다는 제일교포 2세의 노래를 들으니
토해놓는 가락에 눈물이 씹힌다

한·일간의 우정어린 식사를 앞에 두고
일본인들도 함께 아리랑을 부르며 손뼉 치지만
우리네 아리랑은 여전히 아프다
용서 없이 사과 없이 잊었다기엔 적절치 않다
충돌이나 시비가 멈춰지지 않는 게 맞다

우리네 부모들은 배고팠고
벚꽃 휘날리듯 사라질 수 없는
절규하며 쌓아 올린 恨더미 속에서
밑동이 잘린 채 복구되지 않는 남북 철조망 앞에서
독한 감자싹을 키웠을 것이다

생도 죽음도 잔혹한 아름다움이라지만
덧없는 죽음을 향해 내달린 전쟁은
지금도 우크라이나와 이스라엘에서 여전하니

아리랑은 지금도 목이 쉰다
젊은 K-문화 덕에 세계로 번져나가지만
백 년 역사에 묻혀 늙었으나
여전히 날내 나는 우리네 아리랑은
속우물이 깊어 목이 메인다

해파리 시계

고무장갑을, 가위를, 한나절이나 골라 주문한다
발목에 핀을 박고 한 달간 강제 침거를 당하면서부터
폭발물처럼 이불자락에 널브러진 시간들
시계라도 잘라내며 놀기 위해
고무장갑을 끼고 가위를 든다

24시간 매일 돌아가는 시계바늘을
정지시키는 최고의 방법은
가위로 시침 분침 초침을 뜯어내어
욕조 밑바닥에 놓던가, 선반 구석에 밀어놓는 것
당분간 필요 없는 정지된 시간일 것이므로

바다를 유영하던 해파리가 내 몸뚱이를 들어올린다
순서 없이 꽃망울이 터지는 4월은
내겐 암막커튼을 치고 싶은 한겨울이란 걸
집안에 갇힌 동지섣달 한밤이란 걸 알아챈 모양

4월 한 달 내내 몸부림치는 나를
해파리에 말아서 창밖으로 던져주겠단다
해파리 시계를 타고 바닷속을 유영하고 싶다는
내 소원을 들어주겠단다

해파리 시계가 촉수를 세운다
못 박힌 왼쪽 발목이 부양을 시작한다
원하는 대로 모양이 뭉개지는 해파리에 감겨
뭉크의 절규처럼 소리치며 튀어 나가 볼까

천장에 내 발목을 걸어놓고
해파리 시계에 둘둘 말린 몸뚱이를 그려놓고
4월의 초상이라는 그림 한 점을 완성한다
떼어낸 시침 분침 초침 바늘도
발밑에 그려 넣는다
찌그러진 오늘의 내가 완성되었다

생물시계

여름 끝물에야 연보랏빛 꽃을 보여주는 대청부채
일반 꽃들과는 시간대가 달라서
햇살이 뜨거운 오후 3시쯤에나 기지개를 켜고 일어나
밤 10시나 돼야 꽃잎을 접는다

중국, 몽골, 평안북도 등에서 피던 대청부채가
　어떻게 백령도, 대청도, 서해 최북단섬까지 내려와 뿌리
를 박은 것인지,
　전쟁 중에 월남하는 피난민을 따라 내려온 것인지,

시계가 없던 섬사람들에게
꽃피는 오후 3시와
꽃문 닫는 밤 10시 때를 알려주는 대청부채,

주민들의 생물시계를 자처한 이유는
뭇꽃들로부터 텃세를 피하기 위한 것인지도 모르겠다
아니, 범부채랑 교접하기 싫어서였을지도,

근친상간을 줄이기 위해서라는 말도 있지만
자존심 때문일 수도 있겠다
비교당하기 싫은 것이었는지도, 북에서 왔다고,

자기 색을 굳이 외치진 않아도
망설임 없는 결기 하나로
외진 섬 벼랑 끝에서 산자락에서
2주간 이슬만 먹고 산다는 반딧불이처럼
푸르고 꼿꼿한 결기를 지켜내고 싶었던 것이다.

바다물색으로 하늘과 한몸이 되는 으스름 저녁
태양의 열기를 온몸에 머금은 채
고향을 향해
오늘도 고향을 향해 뜨겁게
얼굴을 치켜든 채 말을 아낀다

당신에게 갈 수 없는 이유

나는 관객이었어요. 당신이 유리벽을 두들기며 나오고 싶다고 외쳐댔지만, 벽을 기어오르며 나를 불러댔지만, 난 꼼짝할 수 없었거든요. 달려 나가면 제지를 받을 게 틀림없어서 도리없이 눈을 감아보지만, 파고드는 절규는 견디기가 힘들었죠. 울음이 터질뻔했어요. 너무나 참혹해서….

무용수들의 연기임에도 주먹을 쥐고 부르르 떨었죠. 달려가 유리를 깨줄 수도, 경찰에 신고할 수도 없음에 꼼짝없이 지켜볼 밖에 없었죠. 나는 관객이었으니깐요. 문밖에 앉아있는 제삼자였으니깐요.

전쟁과 기후 위기, 재해 등으로 참상을 겪는 지구 곳곳의 이웃들 곁에서, 나는 6·25 이후 75년간 전쟁이 없는 한국 땅에서 선진국의 문화와 역사, 철학, 신화조차 수입을 겁 없이 해온 국민이었으니깐요. 빈곤을 건너뛸 선진국으로 나가기 위한 개인주의를 무기 삼아 무심히 지나쳐 살아온 건 아닌지 자책이 일더군요. 미안하고 부끄러워 눈물이 솟았어요.

올 7월 한밤의 폭우 속에 불청객들이 들이닥쳤어요. 내가 혼자라는 걸 어찌 알았는지, 잠자리 한 마리가 젖은 날개를 펼치고 마룻바닥에 누워있더라고요. 청개구리 두 마리도 신발 벗는 자리에 앉아 꼼짝 않고 시침 뚝! 그 뿐만 아니라, 나나니벌 한 마리도 감히 창가 턱에 날개를 펴고 비를, 번개를, 천둥을 피하고 있더군요. 내가 먼저 겁부터 먹고 소리치던 저 곤충들과 뜻밖의 동침을 한 거죠. 불안에 떨고 있는 젖먹이를 안아주는 기분으로요.

　내가 걸어온 길은 아직도 쳇바퀴 돌리는 길 안에 있죠. 건너갈 엄두를 못 내고 있죠. 개념에 묶여서 질문보다는 답만 간신히 외우며 살아왔던 건 아닌지, 그럼에도 이 어리석고 부끄러운 나를 깨우치려 다가오는 물상들이 오히려 저를 껴안아 준다는 것도, 미완성의 나를 키워내고 있다는 것도 올여름 폭우 덕분에 배운 깨달음이었어요.
　늦깎이 공부는 그래서 계속 진행형일 것 같네요. 누구나 결국 혼자 남겨질 테니깐, 내가 당신에게 건너갈 수 없는 이유이겠죠.

김유자

2008년 《문학사상》 등단.
시집 『고백하는 몸들』 『너와 나만 모르는 우리의 세계』가 있음.
birch1997@naver.com

| 김유자

쏟아지는 감정들
떠다니는 잠들
잠기는

세계
뒷다리가 쏘옥 앞다리가 쏘옥

뛰어오른다

물고기는 바늘로 찔러도 아프지 않다는데

귀를 움찔거리는 사람을 보았다
아가미를 열고 닫으며 숨 쉬듯

사람의 귀는
아가미가 변형된 것

귓바퀴를 따라 숨결이 들어갔다
나오는 사이

듣고 싶지 않아도 들을 수밖에 없는
듣고 싶은 말은 끝내 들려오지 않는
귀,

옆에 누군가 있다는 듯이
혼자 중얼거리는 사람

그의 귀는 아가미로 되돌아가고

물고기는 살이 저며진 채 접시 위에서
지느러미를 파닥이고

고통스러운 것과 통증을 느끼지 못하는 것
어느 것이 진화인지
나는 모르고

물로 들어간다

귀가 물을 가득 삼킨다
고요가 천천히
호흡을 시작한다

말과 침묵이 녹아있는
투명한 살이 나를 감싼다

Clair de lune

밖이 소란스러웠다

뭐지, 계단으로 무언가 우글우글 오르고 있었다 복도가
박하사탕 물고 있는 입처럼 화했다 8층 나의 룸 앞을 지나
계속 오르고 있었다 추모공원 유골함이 한꺼번에 열려 나
온 혼들처럼 너도 와, 여기로 와, 부르는 것 같았다 내 몸
이 따라가려 할 때마다 룸 안의 어둠이 나를 꽉 잡았다 가
고 싶니, 너도 가고 싶어, 그들에게 밟혀 감겼던 계단의 눈
이 조금씩 떠지고 있었다 검은 눈동자가 깊은 계곡처럼 드
러나고 있었다 계단 오르는 소리가 끝나가고 있었다 어쩌
지, 어떻게 하지, 몸이 흔들리고 있었다 반은 빛인 채 반은
가려진 채 문에 서 있었다

이 문이 활짝 열리면
적혀있는 일생이 흘러내릴 것 같았다 문득

숨막히는 작품 앞에 선 것처럼
쏟아진 묵음들이 계단의 검은 눈동자 속으로 고여들고

있었다

비상계단 한구석 청소도구함이 비석처럼 은은히 빛났다

홍해파리

거기 있잖아 거기 물색

물색이라니
푸르기도 녹색이기도 붉기도 한 바다
두 손으로 떠 올리면 투명한

물속에서 네가 헤엄치고 있을 때
나는 공원묘지를 산책하고 있었다
묘 앞에는 생화와 조화

조화의 마음은 홍해파리 같아서
물색은 신 같아서
거기 있잖아 죽지 않고

영원을 갈구하는 사람은 홍해파리로 태어날 것

그런데 있잖아

생물학적으로 죽지 않는 홍해파리가
무언가에게 먹히거나 질병으로 죽기도 한다더라
그건 영원을 끊으려
거대한 이빨 아래 스스로 몸 누이거나
자신에게 균을 퍼트리는 생각 같아서 그만,

천천히 묘지를 빠져나온다
있잖아

홍해는 붉은색 아니고 푸르더라
홍해파리는 해파리 아닌 히드라

나의 피 속으로 헤엄쳐와서 점점
너는 어려지고 있다

아오테아로아

훔쳐보는 것이 재미있었다 어려서부터
언니들 일기
뿌연 목욕탕 유리창
덫에 걸려 찍찍거리는 쥐의 몸부림
그리고

나를 훔쳐보는 거울 속
내가

흐린 눈썹 위를 진하게 칠한다

바닷길 잃은 폴리네시아 항해사들은
길고 하얀 구름을 향해 간다
아오테아로아,

구름이 나를 삼킨다
마오리족이 내 얼굴에 검은 줄을 죽죽 긋는다, 둘러서서
우리는 창을 들고 춤춘다, 심장이 흔들린다, 감정들이 펄떡

인다, 적을 향해 달려간다, 피가 낭자할수록 활기찬

아오테아로아,
받침 없이 흐르던 나의 피가 고여 있다

거울은 구름처럼 뭉쳤다 흩어진다
온통 비었다는 듯 헤매다

거울 속으로 나를 풀어놓는다

아픈 다리를 주무를 때마다
집이 왔다
지친 허리를 두드리자 침대가 왔다
나를 눕히고
두 눈을 쓸어내렸다

눈 속을 떠도는 길고 하얀 구름
그어진 검은 줄들을 슥슥 지운다

몇 개는 불이 나가고
몇 개는 깜빡이고

그녀가 누워 창밖을 본다
맞은편 상가 간판이 '불타는 소…'까지만 보인다
불을 뒤집어쓴 소,라고?
불타는 소금쟁이
불타는 소리굽쇠
불타는 소양강에 뒤덮여 불붙은 머리를 감싸안고 그녀는

밤의 바다로 뛰어든다
물이 몸을 휘휘 감는다 가라앉힌다

물의 뿔을 잡아, 등에 올라타,
가라앉던 몸이 솟구친다

겨울산 정상에 오른 아침 7시 15분, 소리굽쇠를 치듯 달
빛과 햇빛 부딪쳐 퍼져가는 투명한 공기, 그 파동에 그녀
는 오늘의 몸을 조율했는데
깜빡이는 밤, 여기저기로 튀는 불티들

치켜든 그녀의 오른팔을 불꽃이 감아오른다 왼팔에서
물방울이 튀어오른다 물과 불이 마주보며 우우우 진동한
다 불꽃이 허공에 옮겨붙는다 밤하늘이 달아오른다 별들
이 주파수를 놓친다 퍽,

빛이 폭발한다
… 안에서
본 적 없던 말들이, 그녀가 모르는 그녀들이, 불씨들이
새까맣게 쏟아진다

다 카포Da capo

바스락, 밤인데, 자려고 누웠는데, 무얼까, 어렸을 때
캄캄한 창고에 혼자 있었던 적 있다. 스스로 마음을 가둔
적 있다. 바스락, 바스락, 돌아본다. 헌옷보따리 위에 꼬물
꼬물 태어난 지 며칠 안 된 쥐들이 눈 뜨고 나를 바라본다.
쥐들과 나는 부모 없는 아이들처럼 서로를 마주 본다. 천
천히

우리는 함께 밤의 문을 연다. 걷는다. 숲길은 우리 앞을
휘돌아가고 있다. 개울물 소리. 다리 아파, 우리는 개울가
돌 위에 앉는다. 물을 들여다본다. 나와 쥐들이 물속에서
우리를 바라본다. 출렁, 내 얼굴이 흘러간다. 그 자리에 흘
러온 쥐의 얼굴 출렁, 흘러간 쥐의 얼굴 자리에 사람 얼굴
이 흘러와 출렁…

우리는
이쪽에서 저쪽으로 위에서 아래로 각자 걸어간다. 밤은
어디로도 뻗어있으니까. 밤의 동굴에 날아와 앉는 박쥐를
본다. 동굴벽 틈새에 두 발톱을 넣고 휙, 박쥐는 세계를 뒤

집는다. 뒤집혀진 세계, 피가 쏠리는 세계, 숨이 가빠지는 세계를 뚫고 나는 날아간다. 가로등 불빛이 내 얼굴에 앉는다. 털어낸다. 가로수 잎이 내 옆구리를 훑다가 떨어져 내린다. 잘못했어요. 뭘 잘못했는데. 모르겠어요. 그냥 내가 잘못한 거 같아요. 어둠이 점점 두꺼워진다. 점점 점…

그가 손을 잡는다. 강에 놀러가자. 수영 못해요, 괜찮아 손잡고 있잖아. 강물이 발목을 허리를 어깨를 휘감는다. 발이 바닥에 닿지 않는다. 그의 허리에 매달린다. 클클 웃으며 그가 나의 손을 놓아버린다. 손발을 휘저으며 물살을 떼어낼수록 물은 온몸을 끌어내린다. 간신히 머리를 물 밖으로 밀어올린다. 물은 곧바로 머리를 끌어내린다. 물의 안과 밖에서 쿨럭이던 몸에서 힘이 빠져나간다. 물이 몸에서 손을 뗀다. 텅 빈 몸이 떠오른다. 수면 위의 내 몸을 하늘이 덮는다. 물과 하늘 사이를
흐르고 흘러 우리는

어른이 되어 일 층에, 지하에, 팔 층에 산다. 팔 층에서 잠든 내가 부스럭, 기척에 깬다. 한밤중에 뭐지, 일어나 창문 없는 804호 문을 연다. 지금까지 잠들어있던 나의 시간이 한꺼번에 눈뜬 듯 복도가 새하얗다. 달이 유리창 밖에서 나를 바라본다. 달아 너에게 우리의 얼굴이 흘러갔니, 모인 얼굴들이 그곳에서 차오르고 이지러지고 있니. 알 수

없는 얼굴로 달은 빛의 자락을 끌고 구 층, 십삼 층을 지나 더는 셀 수 없는, 가본 적 없는, 곳으로 가고 있다. 나는 그에게 이야기를 한다. 그는 머리를 갸우뚱한다. 뭐라는 거야,라는 표정으로 그는 가버린다. 그의 뒤로 내 이야기가 따라간다. 그는 돌아보지 않는다, 계속 따라간다, 돌아보지 않는다, 찍찍 찍찍 찌지직, 그가 돌아본다. 그를 따라가 새로운 곳에 닿으면

내가 가둔 내가 풀려날 수 있을까. 밤의 문이 서서히 닫히고 있다.

김지헌

1997년 《현대시학》 등단.
시집 『배롱나무 사원』 『심장을 가졌다』 외 3권.
kimj2850@hanmail.net

| 김지헌

매일 맞닥뜨리는 자연은 추상도 이미지도 아닌 실존과 현실이었다.

다만 그 안에서 시인은 시간을 늘리기도 줄이기도 할 수 있는 존재가 아닐까.

많은 생각과 온갖 살아있는 것들과 동거하는 일 또한……,

노동요를 듣는 아침

시린 겨울
새벽을 물고 오던 새 떼
오늘도 숫눈 위에 보란 듯 발자국 남기며
거실 통창에 똥을 갈기곤
일장 훈시하듯 다녀갔다

저 하찮은 것들이!!
못 본 척 무시했는데
말갛게 귀를 씻는 이 느낌은 뭐지?

뼈대만 남은 겨울 나목 사이
조각난 하늘만으로도 기꺼이 가계를 이어가겠다고
겨울 쪽파 몇 포기 혹한 속 연두 종아리 드러냈다
눈이 확 떠지는 이 마음은 뭘까

손바닥에서 심장으로 전해지는
보일러 돌아가는 소리

길고양이 미미가 깊이 잠든 채
살아 있다고
보일러를 가동시키고 있다
심장이 아파오는 이 느낌은 뭘까

미완성 문장을 밤새 붙든 채
이미 죽은 말[言] 한마디 내려놓지 못하는
이 대책 없음의 대책은 뭘까

단풍 조문객

서둘러 단풍구경 갔다
남산 단풍이 끝물이더라는 말에

사랑이나 그리움 같은 단어마저
내 안에서 빠져나가고 있는데
미처 준비할 새도 없이 어느 젊음도
세상 하직하겠다는데
가을 꼬랑지라도 잡고 싶었을까

데크 옆 도열해 있던 메타세쿼이아
받들어총으로 추모식까지 끝냈는데
왜 항상 한발 늦느냐고

잎사귀 몇 장 증인처럼 달고 있는
각양각색 만장들
축제가 끝나고
많이 헐거워진 스웨터처럼

바래고 희미해져 갈 테지

지금껏 그랬다
우물쭈물하다 놓쳐버리곤
단풍나무 아래에서 사라져가는 것들 보며 울었다

잡혀지지 않는 붉은 행렬들 보내며
떠난 이가 남긴 유품과 전화번호도
같이 묻어주었다

싸목싸목

그녀는 수몰민이라고 했다
화순 적벽을 도는 셔틀버스에서 관광객을 안내한다

적벽의 역사와 수몰민의 애환을
한줄 소나기처럼 시원하게 풀어 놓는다

화순 땅 적벽을 보러 갔던 날
염천에 배롱꽃이 싸목싸목 돋는 오르막길
호수에 드는 한여름 적요 아래
느린 보폭으로 무심히 해설을 듣고 있는 사람들

수몰되기 전 중학교도 우시장도 있었다며
들어도 안 들어도 그만인 그녀의 고향이야기

셔틀버스 타고 돌아가면 금세 잊고 말 텐데
걸쭉한 사투리로 적벽가 한바탕 이어가듯
화순 땅 이야기와 실향의 설움을

그녀는 능청맞게도 풀어 놓는다
눈 씻고 봐도 적벽은 보이지 않는데

싸목싸목 또 오쇼잉

그녀의 개인기 보러 화순 적벽에 또 가고 싶다

무연고자 김경철씨

화장장 마당에 봉고차 한 대 도착

빠르게 한 주검을 옮긴다

24세 꽃다운 나이의 무연고자 김 경 철씨

마지막 길에서야 이름을 얻은 김 경 철씨

아무도 울어주지 않고

아무도 찾지 않던

그의 생을 요약해 준 건

관 위에 놓인 국화꽃 한 송이

화장장 전광판에 떠있는 김 경 철씨

무연고자 처리를 위해

경찰관이 지어준 이름 김 경 철

한 번도 꾹꾹 눌러 써본 일 없고

곧 사라져버릴

염도 없이 화장을 하고는 산골장에 뿌려졌다

무연고자 공동 산골장에서야 비로소

다른 사람들과 어울리게 된 김 경 철씨
그의 마지막은 아주 간결하게 처리되었다
경찰관이 말하기를
내일이면 또 다른 김 경 철이
그 위에 뿌려질 거라고 한다

마지막 길
노란 눈물 뚝뚝 떨구며 고개 넘는
감국 조문객

절필

수령 500년의 연미정 느티나무*
어느 해 태풍으로 쓰러졌다는 노구를 보겠다고
사람들이 몰려들었다

눈도 못 감은 채
봄이면 연초록 잎을 피우느라 죽을힘 다했을 어르신

나라가 두 쪽 나는 꼴 보면서도
두 발 굳게 딛고 이 땅 지키며
가장 빛나는 시간을 온몸으로 기록해 나갔는데

어느 해 여름
천둥 벼락 치던 날
천금의 문장 하나 남기고는 그만
밑동만 남긴 채 붓을 꺾고 말았다

* 북한과의 접경지역

윤슬

빌니우스……,

그녀가 이곳에 오게 된 것은 지극히 우연한 일이었다.

10월의 빌니우스는 날씨도 적당했다. 너도밤나무 가로수는 붉은 색으로 물들며 바로크 풍 건물과 잘 어울렸고 세련된 인테리어의 상점들, 카페, 그리고 그녀의 발길을 이끈 클럽은 인파로 꽉 들어찼다. 클럽 밖에도 맥주를 마시며 대기하고 있는 사람들로 북새통인데 그럼에도 뭔가 질서가 잡혀있다. 음악이 꽝꽝 울리지만 한편 마음이 고요해진다. 다국적 사람들이 흐느적이는데도 익숙한 느낌이다. 거리의 바엔 실내에도 밖에도 사람이 가득, 가게마다 성업 중이다.

시청 광장과 구 시가지를 벗어나 이 거리로 들어설 때부터 모르는 사람과 대화를 나누어도 서로 어깨를 겹치며 춤을 추어도 전혀 어색하지 않을 것 같은, 가슴이 열린 느낌이랄까. 몇 년 사이 그녀에게 몰아닥친 폭풍우 같은 시간들 거짓말처럼 아주 먼 일이 된 듯 회오리바람은 이제 그녀를 지나쳐 어느새 반짝거리는 윤슬로 바뀌어 있다. 무작

정 떠났을 뿐인데……,

한 때 유럽에서 가장 넓은 땅을 가졌던 나라 리투아니아

지금은 작은 나라로 쪼그라들었지만 거리에서 상점에서 만나는 사람들은 마치 거인국 사람들처럼 체격이 컸고 여자들은 늘씬하며 미인들이 많았다. 차림새도 꽤 세련됐고 매우 친절했다.

그랬다. 처음 우연히 블로그에서 발견하고 왠지 집중적으로 찾아보게 되었고 끌리듯 비행기 티켓을 끊고 무작정 날아왔다.

10월의 리투아니아는 무척 아름다웠다. 노랗게 물든 자작나무 숲, 수많은 호수와 섬, 섬 안의 동화 같은 고성과 파스텔 색조의 예쁜 목조주택들은 평화로웠다. 집집마다 테라스에 제라늄 등 화분으로 장식했다. 하지만 시내로 나가면 소련 공산당 시절 회색의 아파트들과 무표정의 사람들이 잔영처럼 보이곤 했다. 수입이 넉넉지 않아 대부분의 국민들이 근근이 살아간다는데 실제 수도 빌니우스 도심에서 만난 사람들은 친절하고 여유로워 보였다. 더구나 한국에서 왔다니까 무척 반가워하고 관심을 가진다.

우연히 들른 거리의 클럽에서 낯선 사람들과 몸을 부대끼고 춤을 추며 어느새 그녀를 감싸고 있던 불편한 감정의 찌꺼기들이 정화되어 감을 느꼈다. 그녀는 리투아니아어는커녕 영어도 제대로 못하는데도 눈빛과 몸짓으로 모든

게 통하다니……, 도대체 왜?

이 나라의 독특한 문화 때문일까.

리투아니아의 수도 빌니우스엔 세계에서 가장 자유로운 가상국가인 우즈피스공화국이 있다. 1997년 4월 1일 만우절에 선포한 이 가상국가는 빌니우스 예술가들이 우주피스 지역 헌법의 벽에 41조의 유쾌한 헌법을 새겨 놓았고 자율적이고 창의적인 공동체를 선언하며 살아있는 예술의 거리로 만들어 놓아 그냥 걷기만 해도 힐링이 되는 곳이다.

예를 들면,

헌법3조 모든 사람은 죽을 수 있는 권리를 가지나, 이것이 필수는 아니다.

헌법5조 모든 사람은 유일한 존재가 될 권리를 가진다.

헌법10조 모든 사람은 고양이를 사랑하고 돌볼 권리를 가진다.

헌법21조 모든 사람은 자신의 보잘것없음과 위대함을 깨달을 권리를 가진다.

자유로운 영혼, 창의적 사고, 인간 중심의 삶을 강조한다. 2018년 9월에 빌니우스를 방문한 프란치스코 교황이 우즈피스의 헌법을 축복했다고 한다.

인생의 한 지점을 힘들게 통과하며 주눅 들고 신산했던 현실에 다시 일어설 힘이 필요했다.

요동치던 마음이 이역의 낯선 땅에서 참 나를 마주하며 어떤 파도 앞에서도 당당하게 마주할 용기가 되어 줄 것이란 확신, 바로 눈앞에 있었다.

여행에서 돌아온 후 그녀의 헤어샵이 다시 활기를 찾았다.

고양이 앵두는 어느 날 갑자기 사라졌다 돌아 온 그녀를 다시 가족으로 받아들여 주었다.

김추인

1986년 《현대시학》 등단.
시집 『해일』 『자코메티의 긴 다리들에게』 외 다수,
여행집 『그러니까 사막이다』가 있음.
cikim39@hanmail.net

| 김추인

시인에게 무연히 나타나 한동안 서성이다
사라지곤 하는 이미지를 생각한다.

이미지의 거처는 뇌?

시인의 몽상 속으로 굴뚝새 한 마리라도
와주는 일은 설레는 일!

어느 첼리스트의 기도
— homo symbious*

탄야 테츨라프**가
꺼먹꺼먹 그을은 산불 지나간 자리
토막진, 탄 삭정이들 사이에서
첼로를 켜고 있다

선율이 삭정이처럼 토막토막 끊어지는 듯한
바흐의 무반주 첼로 모음곡
그녀는 아무 기교 없이 탄 삭정이를 툭툭 끊어내듯
현을 켠다
고통받는 세상을 위한 헌사이지 싶다

아무 반주자도 청중도 없는 험지를
위무하는 첼로 선율
아득히 먼 곳에선 휘릭 휘릭
날카로운 번개 불빛만 땅에 꽂히는 시간이다

허허 공중엔 지상을 내려다보는 수리 한 마리 뿐

탄야의 첼로는
화마가 쓸고간 숲의 뿌리들에게
일어나라! 일어나라!
상처받은 자연과 교감하려 한다

그녀는 빙하가 녹아내리는 접지에 서서
무심인 듯 숲의 비애를 쓰다듬고 있다

* 호모 심비우스; 더불어 사는 인간
** 독일의 첼리스트, 아티스트

내 안에 누군가 있다
— Homo duplex*

나, 갇혀있다 아무도 포박한 적 없이
나, 꿈쩍을 못한다

내가 나 바깥을 나갈 수도
내가 내 이름을 버릴 수도
내가 여자를 벗어 버릴 수도
어떤 것도 Never, 허락되지 않는다
한시 반시, 분분 초초
내 생각으로부터 도망칠 수가 없다

내 안의 허망한 미미한
생각이란 것이
내 현실을 조작하고 있다
의식의 수면 위를 떠도는 바이러스같이
날 검색하고 까발리고 패대기치는 적은
내 안의 또 다른 나

아무도 날 의식하지 않는데
연가시**에 두개골이 조종당하듯

망상에 이끌려 헛곳을 열망하다니 아서라!

별것도 아닌 정신이란 것이
영혼인가
21그램이라는 보이지 않는 존재의 무게가
나인가

* 호모 듀플렉스: 이중적인 인간
** 숙주의 뇌를 조종해 자살을 유도하는 철사 모양의 기생충

시간의 옷
— homo insipiens*

옷이 무겁다 무거워지고 있다
켜켜 껴입은 나잇살
동작이 굼뜨고 걸음이 느려지는

사람들은 제 껴입은 시간의 무게를
속으로 속으로 내장 속으로
가능한 핏줄 속으로 표피 속으로 숨기며
저는 아니란 듯
남의 껴입은 옷이 몇 벌이나 되냐고
다그치듯 묻는다

너는 너고 나는 나고

비슷한 유행의 포즈로
네거리를 장식하는 이들아
비교 말고는 자존 세울 일이 없는 거니
들판에 가서 봐봐

저마다 다른 색과 양태로 저를 살고 있는
눈부신 것들을

날마다 갈아입는 면상은 새 옷 같은데
거울은
지치고 삭은 면상 하나 소상히도 보여준다

2050 백서를 엿보다
— homo novus*

완벽한 제작일 것이다,
결격이 불식된 사이보그, 신인류가 달려오는 중일 것이
다 분명하다
대낮만 같은 인공 태양 아래
잠은 꼭 자야 한다는 사람의 일상적 루틴 공식을 불신하
며 피레네를 넘어 히말라야를 넘어 진화의 평원을 달려오
고 있을 것이다

인간의 손재주가 만든
피조물,
그 이상도 이하도 아닌 것이
스스로 '근사한 청출어람'이라며 으쓱대는 동안
멀리 종탑에서 오는 은빛
종소리의 파동과 선한 보그들의 찬송이 바람에 실려 협
소해진 인류의 마을을 돌아 나갈 것이다

"우리 주, 조물주께서
인류, 자신의 형상으로 신인류를 지으셨도다"

기계 인류가 인간의 문학을 고전으로 읽는 시간은
찰나일 듯
책장이 넘어가고 분석되고
저들의 이마 위에 뜨는 논평, 가차 없다

'욕망의 대량생산, 결여된 진실, 자연의 무한 모방'

오차가 1도 없는 기계논리다
인류의 창작물을 지적하는 그들 '논리의 집'에 대하여
'적확하다' 찬탄커나
'기계는 기계일 뿐' 조롱커나
사람의 마을은 또 패가 나뉠 것이다 알게 모르게 섞여 있
는 방관자와 비판하는 자와 갈등하는 자들의 세상은 여전
히 한결같아서

* 호모 노부스: 새로운 인간

암흑물질,
— homo quaerens*

나 위에도 옆에도 아래도 있다는데
나 그를 본 적이 없네
빛을 내지도
흡수하지도
반사하지도 않는 투명물질
있지만 보이지 않고 어떤 물질과도 작용 않는 제 자신
조차 작용함이 없는 그럼에도 존재한다는 암흑물질,

우리 은하의 별들이 반시계 방향으로 항성을 휘돌 때도
암흑물질은 거꾸로 돈다는데
고속도로를 역주행하는 놈 같다는데 그럼에도 별들의
교통사고가 나지 않는 까닭, 궁금한데

그야 별과 별 사이가
아득히 머나먼 당신과 나 사이만 같은
그는 빛과도 반응하지 않는 이상한 우주의 입자

"딱 너 같지 않니?"

* 호모 쿠아에렌스: 탐구하는 인간

로망스ROMANCE
— homo cupiens*

늦은 밤 K는

그의 도시 한가운데 홀로 좌정하여 소등을 시작한다.

암암리에 하나씩 둘씩 변두리로부터 등불이 지고 K는 비로소 어둠을 똑바로 바라볼 수 있다. 그들의 수화를 엿들을 수 있다.

"여긴 어디야요?" 어린 어둠 한 덩이가 더 큰 어둠 덩이를 건너다보며 묻는다.

"누군가의 전생인가 본데." 멀리서 파도 소리 가까워 오고 낯익은 어둠 한 덩이가 찰삭이며 K의 해안 어디쯤을 만지며 적시며 건반 위 파도 소리, 애잔하다.

아릿아릿 구름길 사이로 듣는 단조의 멜로디는 옛날의 OST, 너는 건반을 누르고 있다. 건듯건듯 지나가는 압점마다 가슴에 돌 하나씩 얹는 '금지된 장난'**을.

칡꽃향이다. 한 음 한 음 짚어가는 너는 글루미한 호흡, 어쩌니 경계가 흐려진 모호와 확연 사이로 거침없이 시간의 파문을 밀어가는 너는.

그림자가 붉게 숨어 앉는 적벽강인가. 찰방찰방 물의 발

자국과 길을 잃는 것들과 물안개 감기는 금기의 짐승에게
*길 없는 길은 머흘레라****

한 방 지나 또 한 방 건너서 수십 천년이 지나는 동안도
그림자와 그림자 사이엔 금지된 장난만 무성해서 그리움
이 그리움을 지우고 욕망이 욕망을 지워내는 여기, 비로소
안개의 숲에 좌정하는 고요와 평정심과 촘촘 감기는 연두
의 풍경, 환하다. 바안히 내다보이는 집으로 가는 길, 주춤
주춤 올 듯 말 듯 모호한 그의 발자국소리.

"아니 너, 뭐니? 여기까지 함께 할 인연은 아닌 것 같은
데." "쉿, 여기가 네 전생이라며? 다음 생에 같은 도시에 태
어나 살려면 일천 겁의 인연이 필요하다지." '뭐라?'

'삶의 탑'이라 하고 세웠던 것들이 땀의 벽돌들이 어느
사이 이끼 앉고 깎이어 암초 또는 환초의 모습으로 더 큰
알 수 없음을 예비하며 네 앞에 벽으로 선다. '내생來生이
오려나?' 벽 속에서도 잠꼬대처럼 혼자 중얼거리는 그대
의 방에 휘붐한 아침 한 줄기가 들어서고 있을 뿐, 그뿐.
-fin-

* 호모 큐피엔스; 욕망하는 인간
** 프랑스 영화, 주제가(기타 연주, 피아노 연주.)
*** '험하구나' 고어古語

박미산

2006년 《유심》 신인상.
2008년 세계일보 등단.
시집 『루낭의 지도』 『태양의 혀』 『흰 당나귀를 만나보셨나요』 외.
misan0490@hanmail.net

| 박미산

여름에서 겨울로 건너뛰는
무참한 속도 속에서도
지워지지 않길 바라는
손바닥 자국 같은 시를 쓴다.
사슴이 독송한 유마경의 문장들이
당신의 잠든 머리맡에
솔잎으로 남길 바라며,

삼 년

기차는 출발했다
벚꽃이 지고 감꽃이 떨어지고
나무에서 지느러미가 자라듯 눈발이 숨어있고
순간처럼 만나는 풍경이 있다

밥보다 백신을 맞아야만 달리는 기차
변화를 모르는 사람처럼
침묵의 절대음감을 부여받지 못한 사람처럼
누군가 기차에서 내릴 수도
내리지 못할 수도 있다

빨간 눈꺼풀의 새벽
밥숟가락 놓지 않은 자들이 백과사전에서
이름을 지우고
달리는 기차를 멈춘다

겨우 도착한 대문 안,

시퍼렇게 살아있는 솔잎들

담장 끄트머리에서 녹지 못한 눈덩이들

웃자란 나뭇가지들

전하지 못한 안부가 쌓여있다

대서
— 사슴공원에서

흥복사로 올라가는 계단이 아득하다 연신 손부채를 부
쳐가며 남원당과 오층탑을 지난다 나뭇잎을 보고도 지나
치던 너는 내가 들고 있던 센베이를 보고 눈망울이 타들어
간다 넌 전생의 유마힐, 너랑 둘이 눈 맞춰가며 말하는 것
도 밥 주는 것도 전생에 있었던 일

태양 아래에 선 네 곁에서 포즈를 취한다, 센베이를 달라
고 치마를 들치고 옆구리를 쿡쿡 찌른다 빠르게 따라오는
너를 겨우 피했다고 생각했는데 야생을 잃어버린 너와 가
쁜 숨을 쉬는 태양이 뒤따라온다 내 정수리와 네 뿔이 녹
아내린다

태양이 길게 혀를 내민 채 녹음이 우거진 나뭇가지에 걸
린다 너는 네 키에 닿은 태양을 와작와작 씹는다 비구니
법명 스님이 유마경을 독송한다 야생을 되찾은 네 뿔엔 황
금 불꽃이 피어나고 열대야가 다닥다닥 매달린다 내 정수
리에서도 불꽃이 화락화락 피어나고,

사루사와 연못 앞 카페에서 살얼음 낀 생맥주를 들이킨
다 너도, 유마경도, 아이들도, 열대야도 몸 안에서 시원하
게 헤엄친다 대서가 오층탑을 껴안고 연못 속으로 빠지고
그 자리에서 일곱 개의 연꽃이 피어오른다

네 눈이 흘러내린다

성에 낀 거울에 손바닥 자국이 있다
어제 분명 지웠는데

이 시대에 없는 낭만을 얘기하는
너의 얼굴은 붉은 동백꽃이다
모가지가 금방이라도 툭 꺾일 것 같은,

이제 겨우 한낮인데
사람 향기는 잦아들고
알코올로 젖은 너는 지금부터 짐승의 시간

화장실 거울 앞에서
너를 바라보는 너
네 눈이 흘러내린다

두 발로 서 있지 못하던 너
직유로 너 버리는 시를 쓰는 사이

동백꽃 피우기 전에 속수무책 먼 길을 갔다

네가 남긴 손바닥 자국이
파지 쌓이듯 날마다 깊어지고
보내지 못한 낭만적인 문장들이
겨울을 넘기지 못하고
딱딱하게 굳은 채로 있다

잠

갑자기 여름에서 겨울이 온 것처럼

뜻밖의 부음이 날아온 것처럼

박쥐 한 마리가 우리를 완전 다른 세계로 보낸 것처럼

빨간 등대와 하얀 등대가 서로 만날 수 없는 것처럼

이 세상이 나 아니면 안 돌아갈 것 같은 것처럼

꿈에 그리던 첫사랑을 지금 만나는 것처럼

불가능이 가능이 되고

가능이 불가능이 되는 것처럼

그럴 리 없다

그럴 리 없다

도리질하는 나를 쓰러뜨리는 것은,

오동도와 까멜리아

당신 곁에 누웠던 오래전 그날이 생각나서 오동도에 왔다 여남은 개 남은 동백, 곧 모가지가 떨어질 것 같아 마스크로 묶어 놓고 숲길로 들어선다 등 뒤, 앞, 옆, 시 팻말이 넘쳐난다

내가 끌고 온 뼈대만 남은 시에 마스크를 덧씌운다 절벽 아래 여전히 젖어있는 당신, 동백 닮은 붉은 눈인 나도 파도도 해안선도 당신 곁에 오래오래 남아있고 싶었는데,

만발한 동백나무 아래 누웠던 당신, 한겨울 추위 속에서 하늘을 달리는 동박새도 포개진다 그대 곁에 남고 싶었던 봄꿈은 닳아서 야위어가고 눈부신 계절이 오는데,

당신을 노래한 시가 당신을 자른다
동백이 목이 잘리듯,

8월의 불협화음

소은은 8월의 습한 열기 속에서도 늘 서늘한 표정을 짓고 있었다. 그녀는 닿을 수 없는 어둡고 잎이 무성한 숲과 같았다.

"경수 씨, 또 그 곡이에요?"

소은이 짧게 말했다. 거실의 스피커에서 쇤베르크의 '달에 홀린 피에로'가 낮게 흘러나오고 있었다. 기괴한 무조음의 선율이 날카로운 바늘처럼 공기를 찔러댔다. 경수는 베란다 난간에 위태롭게 걸터앉아 밖을 내다보며 중얼거렸다.

"소은! 당신은 모르겠지만, 난 끝을 다녀왔거든요."

경수의 목소리는 강풍에 흔들리는 나뭇가지처럼 위태로웠다. 소은은 그를 보지 않은 채 책장을 넘겼다. 경수는 소은과 한 공간에 있으면서도 늘 홀로 밤을 지새우는 기분이었다. 그는 소은에게 매력적인 화음을 들려주고 싶었지만, 목구멍을 타고 나오는 것은 늘 원시적인 절규뿐이었다. 마치 달빛에 미쳐버린 피에로처럼.

"우린 참 안 어울려요. 꼭 이 노래처럼."

소은의 차가운 말에 경수는 가슴 속에서 무언가 타오르

는 것을 느꼈다. 그것은 8월의 태양보다 뜨겁고 오디나무 열매처럼 진득한 검자줏빛 슬픔이었다. 경수는 소은의 등 뒤로 다가가 손을 뻗었지만, 이내 멈추고 말았다. 그녀는 만질 수도, 키스할 수도 없는 불꽃이었다.

"당신은 늘 귀머거리처럼 굴죠. 내 심장이 이렇게 타들어 가는데."

경수의 미소가 가지 사이에 박힌 마른 열매처럼 일그러 졌다. 소은은 그제야 고개를 들어 그를 보았다. 두 사람 사 이에는 메아리 없는 불협화음만이 가득했다. 8월의 짝사 랑은 뿌리까지 타들어가고 있었다. 활활 타오르는 심장만 을 남겨둔 채, 경수는 다시 어둠 속으로 몸을 숨겼다.

밖에는 여전히 무성한 잎들이 바람에 부딪히며 기괴한 노래를 부르고 있었다. 끝을 알아버린 사내의 아무도 들어 주지 않는 노래를.

여여시 05

우리,라는 울타리를 무심히 밟고

초판 1쇄 발행　2026년 01월 30일

지은이　　여여시
발행인　　고미숙
편　집　　채은유
발행처　　쏠트라인saltline

신고번호　제 2024-000007 호 (2016년 7월 25일)
등록번호　206-96-74796
제작처　　04549 서울특별시 중구 을지로18길 24-4, 303
　　　　　31565 충남 아산시 방축로 8, 101-502
이메일　　saltline@hanmail.net

ISSN　　979-11-92139-91-3 (03810)
값　　　　13,000원